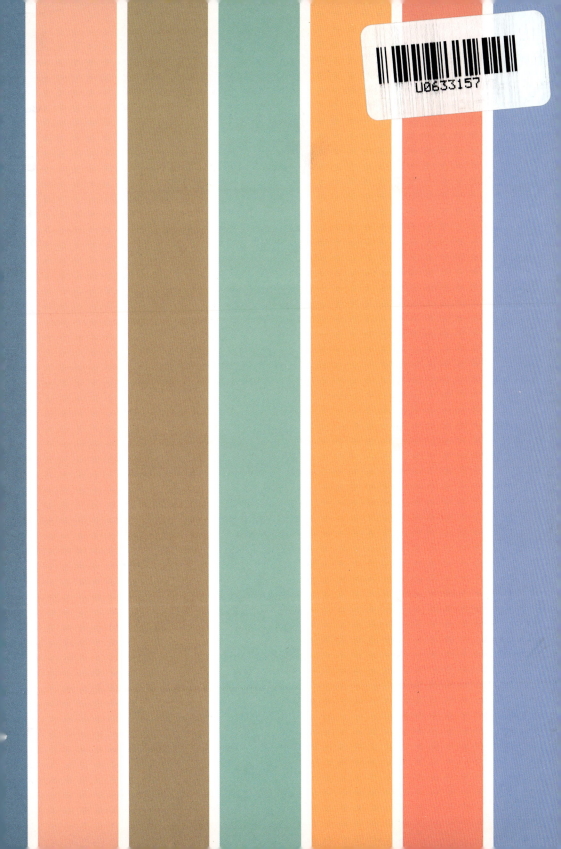

# 听雅诺什讲趣味故事

## 卡斯波尔，你要去哪儿呀？

[德] 雅诺什 著　　张捷鸿 译

清华大学出版社

北 京

# 横空出世的雅诺什？

刘绪源

关于雅诺什的资料，现在已很容易找到：1931 年出生于波兰边界一个小村庄，父母离异，由爷爷奶奶养育成人；从 13 岁开始先后在炼铁铺和服装工厂工作，同时自学作画，一心向往慕尼黑艺术学院，却没能通过考试；但他仍专心于绘画和创作，终于在 29 岁时出版了处女作，从此一发而不可收；他出版了近二百种作品，被翻译成几十种文字，它们多是自创自绘的儿童小说和图画书，儿童和成人都爱看，他已风靡世界……

他的作品的确非常奇特：信手而写，信笔而画，仿佛漫不经心，却又趣味横生，让你暗生欢喜，看着看着就迷上了；孩子更是易于被他的画面吸引，由画面而故事，从此认准了他那明丽、洒脱、夸张的色彩和笔法，一看到就要买，渐渐成了他们的最爱。

雅诺什与众不同，这同他不由正规的学校培养，而靠自学成才，有很大关系；同他不是经由文学或教育走入童书界，而是通过他自创一格的绘画挤入这一圈子，也大有关系。

曾看到有人给他打分：叙事能力 9 分，画面和谐 10 分，风格特

1

征 10 分。颇觉有趣。要是由我打分，那也许是：趣味第一，绘画第二，故事第三。

他的成功首先在于他与众不同的趣味：他是个老顽童，到老还充满童心童趣，所以在很多作品中，简直就是以顽童的视角、心理和语言在叨叨地诉说；他又是个充满慈爱的人，对孩子有无穷的兴趣，可又老不正经，有话不好好说，所以老在那儿半真半假地调侃，他的很多作品就是这种独特的却又充满爱意的表白。

说了那么多"独特"，现在回到本题：他是横空出世的吗？他的那么多独特的或奇特的作品，是不是也有某种隐秘的传承？

我以为，有。即上述的那些与众不同的趣味，也并非横空而来，他的前辈——那些分布在其他国度、也有着独特的童心童趣的怪人们——已经有过近两百年的探索了。下文拟试作探讨。如能把这种隐秘的师承理清楚，那么，对雅诺什艺术风格的把握，也就水到渠成了。

在拙著《儿童文学的三大母题》中，将儿童文学大致分为三个母题：爱的母题（内分"母爱型"与"父爱型"），顽童的母题，自然的母题。雅诺什所传承的，正是第一个母题中的"母爱型"和第二个母题即"顽童型"，他的趣味在这二者间游移并发扬，我们能从中获得与之相似的美感，他的成功也源于此。

先说"母爱型"。拙著中有这样的概括："早期民间童话的主题几乎都是母爱。通达主题的途径不是故事，而是'语境'。它们的共同特点是：一、创作时大多没有教育目的，随意性、即兴性较强；二、故事离现实遥远，所涉及的却都是母亲们感兴趣的话题；三、情节曲折但不过于刺激，最后多以'大团圆'作结；四、结构上采取反复回旋的方式，一般篇幅不大；五、叙述语言体现母性的慈祥与安详，也有适度的幽默与夸张，这是由发自内心的喜爱激发起的玩笑心态，合乎儿童渴求游戏的心理。"这里说的"早期童话"，包括《小红帽》《睡美人》《白雪公主》等等，就故事来说它们大多并不完整，也不讲究严格的逻辑，它们最突出的恰是讲述故事的"语境"，也就是家庭、母亲、壁炉边那种温暖的氛围。

我们再看雅诺什。在《写给孩子的小故事》一书中，有一首《睡吧，可爱的小玩偶》："我认识一个小玩偶，/他住在一座房屋里，/屋子旁边有一棵结了果的苹果树，/还有一只肥老鼠。/然后，我认识了鳄鱼、/白猫穆尔/和一条曾经在尼罗河里游过泳的鱼，/还有鸽子古尔蒂乌尔。/一条窄轨小铁路从房屋后面经过，/睡吧，亲爱的小玩偶。"这后面还有一段："两个老小孩，/坐在板凳上。/胖子森林熊，/小的瘦又长。/这时兔子说：'熊先生，/他们到底从哪儿来？'/'加拿大、波兰、新加坡，/乌拉尔、内罗毕、培鲁齐斯坦。'/瞧，那儿一个正在看！"这里分明有母亲的口吻，而且是累得快要入睡的母亲。她一边把孩子感兴趣的东西罗织在一起，编出故事场面哄孩子，一边自己的思路已开始模糊，那句"培鲁齐斯坦"据译者说，就是个拼错的地名。那本《史

努德上学记》，写孩子一次一次迟到，循环往复，既好笑，又没有多大危害，也透露着母亲编织故事的语境特色。它们和那些早期童话，是有异曲同工之妙的。而雅诺什的很多故事，几乎就从早期童话中搬来，如《我亲爱的狐狸》一书中，《银河小红帽》是《小红帽》的现代版，只在故事中加了很多现代科技外衣而已；《卖火柴的小女孩》则是在安徒生原作上删削了一些冷酷的色泽（另一本《奶奶可爱的童话箱》中的《皇帝的新装》也是大致保持了安徒生的原貌）——可能他约稿太多，难于应付，就干脆拿现成作品改写并配画了。那篇《我亲爱的狐狸》也可说是格林童话的续写，那氛围格调与早期童话如出一辙。

当然，他的书中也有不少知识性的内容，并常常会出现哲理性的词句，这些千万不能当真，这只是他信手拈来的调侃而已，那是大人内心的慈爱和兴趣满溢时的临场发挥，并非为了传递知识和思想。如《青蛙和老虎鸭》中的这些话："我的鸭子是纯天然无污染的，就像一颗衬衫上的纽扣。它的木头里不含任何化学物质，也没有疯牛病，更不是热带森林的木头。它不会排放污染空气的有害气体，也不会随手乱丢塑料袋。总而言之，它百分百无公害，并且得到联邦德国技术监督联合会的认证。你们中间有谁可以这样担保，请站出来！"这是成人的用词，却又是儿童的逻辑和语气，这分明是大人面对儿童的一种压抑不住的表演。这种讲述激情，也就是母爱的演化。

再简说一下"顽童型"的特征。我们知道，很小的小孩，大约两岁不到，就能自觉顺应那种循环往复的"无厘头"游戏，乐此不疲。所以，在儿童文学最为发达的英国，很早就有这类作品。周作人评赵元任译《阿丽思漫游奇境记》时，曾勾勒过这一文学史的线索："英国儿歌中《赫巴特老母和伊的奇怪的狗》与《黎的威更斯太太和伊的七只奇怪的猫》，都是这派的代表著作，专以天真而奇妙的'没有意思'娱乐儿童的。这《威更斯太太》是夏普夫人原作，经了拉斯金的增订，所以可以说是文学的滑稽儿歌的代表，后来利亚(Lear)作有'没有意思的诗'的专集，于是更其完成了。散文的一面，始于高尔斯密的《二鞋老婆子的历史》，到了加乐尔(按即《阿丽思漫游奇境记》的作者卡洛尔)而完成，于是文学的滑稽童话也侵入英国文学史里了。"这里的"利亚"今译李尔，这本"没有意思的诗"近年有陆谷孙先生的新译本，书名为《胡诌诗集》(海豚出版社 2011 年版)。"没有意思"即"Nonsense"，按儿童文学家任溶溶先生的译法，就是"无厘头"。任溶溶说："无厘头"可以看作儿童文学最早的源头。

雅诺什《写给孩子的小故事》中的许多诗，与李尔的《胡诌诗集》其实是很像的，如第一首《动物和农夫》："农夫和山羊，/坐在葡萄架下面。/他们吃着香肠，喝着葡萄酒。/是呀，生活就该是这个样儿。/农夫和山羊，/穿着最厚的衣服，/还冻得发僵。"到这儿为止，几乎都是"李尔趣味"，李尔的诗里总要写某人倒霉，这是儿童的"恶作剧"心理，也正是"顽童型"作品吸引儿童的一个重要的方面。但

雅诺什还比较温馨，最后又加了一句："冬天终于过去了！/ 他们在美丽的五月里翩翩起舞。"所以我们说，他的趣味常在"母爱型"与"顽童型"之间游移。德国早期"顽童型"的代表作是拉斯伯的《吹牛大王历险记》，而雅诺什的《老鼠警长》等与之十分相像，尤其是那位警长说自己穿着肥大的衣服，身子在里边躲来躲去，枪弹怎么也打不死自己时，与十八世纪敏希豪森伯爵的故事就既神似又形似了。

"母爱型"体现的是成人对儿童的视角，"顽童型"体现的则是儿童自己的视角，雅诺什两种视角兼具，但更多的时候，他用的还是儿童视角吧。所以，他的作品常常像是孩子在独自呢呢喃喃讲个不停，要在这里找出完整的故事也许是困难的，但从中透露的儿童趣味，已足够我们咀嚼与玩味了。

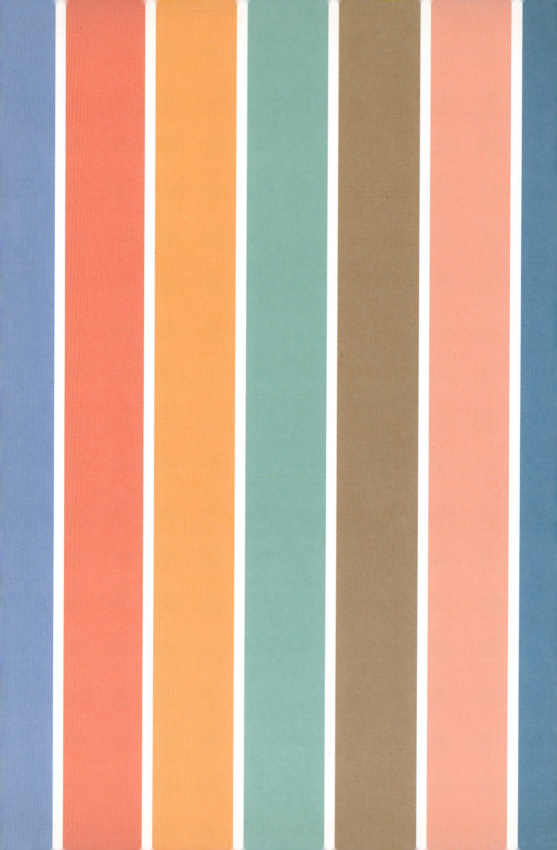

# 目 录

卡斯波尔，你要去哪儿呀？

有一天，卡斯波尔很早很早就起床了——也就刚八点钟吧。他穿上新式的带有助跑装置的运动鞋，然后穿上那条虎纹裤子，背上小小的运动背包。穿戴整齐后，他跑到厨房里，站在奶奶身旁。

"卡斯波尔，你这是要去哪儿呀？"慈祥的奶奶问他。

"我要去一条大河，那条河有 11 米宽。我只要稍微助跑就可以从河上跳过去。这绝对是一项世界纪录。"

"你真能跳过去吗?"奶奶问,"真要那样,你就是了不起的运动员了!"

"是啊,那样我就能得到奖励了!"卡斯波尔说着,把手伸了出去。

奶奶给了他一个马克,说道:"但是你一定要证明你跳过去了。听到了吗?"

"没问题,我会证明的。格莱特也要和我一起去。"

格莱特是卡斯波尔的姐姐,她还在睡觉呢。

卡斯波尔把她叫醒后对她说：“我今天计划跳过一条 12 米宽的大河，只需要一点儿助跑就能跳过去。这绝对是跳远的世界纪录。如果我让你跟着去看的话，你给我什么呢？”

“我太想跟你去了！”格莱特说，接着给了卡斯波尔 20 芬尼。她穿上了运动鞋，很快地吃了一个夹着奶酪的面包卷。奶奶在卡

斯波尔的背包里放了很多补充体力的食品。一切准备就绪后，他们出发了。

刚一上路，他们就碰上了格莱特的好朋友苏瑟。

“格莱特，卡斯波尔，你们俩要去哪儿啊？”

　　"卡斯波尔将要从一条河上跳过去，那条河足足有 13 米宽，这绝对是一个世界纪录！"格莱特说。

　　"如果我让你也跟着去看，你给我什么呢？"

　　苏瑟给了他 30 芬尼。卡斯波尔把钱塞进自己的背包。接着他们继续往前走。

　　很快地，他们又碰到了魏尼伯伯。魏尼伯伯是苏瑟最要好的朋友蒂特的伯伯，他开了一个饮品店。

　　"你们这是去哪儿啊，苏瑟、卡斯波尔和格莱特？"

　　"卡斯波尔要跳过一条 21 米宽的大河，不用助跑就能跳过去，这绝对是一项世界纪录。"

　　"这样的事我可一定要亲眼看看，"魏尼伯伯大声说，"如果他真能做到，就应该得到奖励。我给他一个大礼包，他可以免费在我的店里挑选任何饮料，我管他一辈子。我马上跟你们走。"

　　他给卡斯波尔写了一张优惠券：在卡斯波尔的有生之年，可以免费在饮料店里喝各种饮料。

　　卡斯波尔把这张优惠券放在了背包里，他希望在明天的跳蚤市场上能以50马克的价格卖掉它。他真想明天就变成富人，每天从早到晚只喝汽水，喝一辈子。

　　走着走着，他们又遇到了哈珀阿姨，她问："哎哟，你们这么急匆匆，到底要去哪儿呀？魏尼先生，发生了什么新鲜事儿吗？还是又来了便宜货？"

　　"卡斯波尔要跳过一条 22 米宽的大河，这绝对是水上跳远的世界纪录。您也一起去看看吧，哈珀女士，咱们在路上还可以聊聊天。"

　　"哇，这消息将成为头号新闻！我们小镇上的一个卡斯波尔跳过了一条七英里的大河，就为这个世界纪录，我必须马上给他

一个马克。拿着，亲爱的孩子！"

卡斯波尔把这个马克放在他的背包里，然后继续往前走，大家都跟在他的身后。

在小镇的银行前面，行长先生看到他们，问道："你们要去干

什么？什么地方发生了这么值得看的事情？"

"我们都要去见证卡斯波尔是怎样跳过一条 40 米宽的大河的。这绝对是跳远的世界纪录。您可一定要去，夫莫尔先生！"

"哇，真是太惊人了！"行长喊了起来，"你们都已给他奖励了吧？你们给了他多少钱？"

"我们每人给了他一个马克！"哈珀女士说。

"我给他两个马克。"行长说。

他从自己的银行账户里拿出两个马克给了卡斯波尔。卡斯波尔又把钱塞进自己的背包。大家继续往前走。

"就凭卡斯波尔，我们小镇终于要有一个世界纪录了！"夫莫尔喊着。

他立即用自己的手机给镇长打电话报告："在我们的小镇上，将有一个千年不遇的特大新闻。我们的小淘气卡斯波尔将借助于很小的动力，跳过一条 400 米宽的大河。镇长先生，请您马上带着摄影师赶过来吧！这个消息必须见报！"

镇长马上穿起运动服出了办公室，并让人给摄影师打电话，让他们停止一切事务马上赶过来。匆忙中他还拿了四个马克，这是他打算给卡斯波尔重大报酬的预付款。

这些钱卡斯波尔也塞进了自己的背包。

摄影师们正赶往英国王室婚礼的路上，不可能一下子赶过去。而其他的人继续跟在卡斯波尔的身后向前走。

只是他们越走越累，因为没有人能永远走下去，即便是卡斯波尔也不能。

银行行长给他的办公室打电话，让人给他送一辆车来。"对不起了，各位，请原谅我实在走不动了，我已经快……30岁了！我是一个老人，现在必须回办公室了，我要回去了。"

一个银行职员开来了一辆车，夫莫尔先生坐着车回去了。

格莱特也不想再继续走了，她坐在城市公园的一条长凳上，说："你们先走吧，我马上就赶上去。"

　　"如果格莱特留在这里，我也不走了。"她的好朋友苏瑟说着，也在凳子上坐了下来。

　　一辆装满了饮料的卡车从对面驶过来，司机一下子认出了魏尼伯伯，他停下车问道："我把汽水和饮料放在什么地方，魏尼先生？现在你的店里有人吗？"

　　"哎呀！糟糕！"魏尼伯伯说，"我店里现在一个人也没有，顾客可能都自己动手了。快走，瓦姆先生，我们赶快回去！"

　　他跳上装满了汽水瓶子的卡车，瓦姆先生一踩油门，魏尼伯伯也没影了。

　　最后到来的镇长也急得团团转，因为十一点钟他还要出席一个镇上的会议。

　　"我过一会儿再来，还要把摄影师和电视台记者也带来，必须让全世界都看见这个特大新闻。卡斯波尔的 500 米跳远纪录，这还从来没有过呢！"他边说边走远了。

现在卡斯波尔独自一人继续往前走。他来到一棵树下坐下，一边吃着亲爱的奶奶给他准备的面包，一边数着他得到的奖赏。

他是幸运的，因为这个小镇根本就没有河，更没有什么11米宽的河。

但是假如真有这么一条大河的话，说不定卡斯波尔真会跳过去呢！

不信？我们打赌吧！赌多少？

# 卡斯波尔和乌鸦打赌

小淘气卡斯波尔是整个城市最会打赌的打赌大王。这一天，他去找乌鸦克鲁普克，并对它说："我们找点什么事打个赌吧，克鲁普克？"

　　"有什么可以赌呢？"住在城市公园里的乌鸦站在树上喳喳叫着。

"就赌我肯定能打赢所有的赌。"

"胡说，不可能，不可能！"克鲁普克喊着，"我能打赢所有的赌，不信我们打赌？因为要赢必须有聪明的天赋。可是你没有智慧，敢打赌吗？"

"为什么我没有智慧？"卡斯波尔问。

说话之间他们已经打了三个赌。

"因为我是智慧之王。没有人能超过智慧之王。打赌吗？"

　　"第四个赌，接受！"卡斯波尔笑起来，"因为你如果是智慧大王，那么你就知道你并不是智慧大王。打赌？"

　　第五个赌。

　　"我是白色的，打赌吗？　我赌两个马克。"

　　第六个赌。

　　打赌是要下注的。卡斯波尔回奶奶家拿了爷爷用的刮胡子镜，他把镜子藏在奶奶的篮子里，然后挎着篮子又去了乌鸦克鲁普克的家。

出门前奶奶问他：

"卡斯波尔，你要去哪里呀？"

"我和乌鸦克鲁普克打了一个赌，我说他不是白色的，我肯定会赢这个赌。不信咱们打赌？"

这是他一天中的第七个赌。

慈祥的奶奶说："我也说乌鸦克鲁普克不是白色的。那么我们可以不打赌了吧。如果两个人意见一致，他们就可以不打赌。实在对不起！"

一个赌被取消了。

接下来卡斯波尔去找乌鸦克鲁普克。他从篮子里拿出了镜子，把镜子放在乌鸦的嘴前面，说："你看到了什么，亲爱的？"

"一个美丽动人的乌鸦，看上去有点像我。"

"那么，这个乌鸦是白的还是黑的？"

"当然是白的，"克鲁普克说，"你看吧，我赢了。"

"可是你说谎了。你敢打赌吗，你刚才说谎了？"

"我怎么说谎了？"

"因为，黑色永远不能不可能变成白色。打赌？"

第八个赌。

"白色的就是黑色的。打赌吗？"

"好，打就打，赌多少？"

"九马克。"卡斯波尔说。

算起来这差不多是他们今天打的第十二个赌。

"可是你永远无法向我证明，我刚才说谎了。打赌？"

第十三个赌。

"我当然可以证明你说谎了，你这个笨蛋。打赌？"

第十四个赌。

"赌十一个马克？"

"同意，"卡斯波尔说，"我敢打赌，你根本就没有钱。"

第十五个赌。

"我也打赌，你才根本没有钱。"

第十六个。

这时候，路上走来了狡猾的偷猎者瓦尔特舒。他说："你们再赌的时候，我也和你们一起赌。"

　　"我们赌多少？瓦尔特舒先生，九对七？"

　　"一言为定。"狡猾的瓦尔特舒说。

　　可是偷猎者瓦尔特舒一分钱也没有，他从来就没有钱，否则他就不会偷猎了。可是这只有他自己知道。

他说："你们俩谁也没有钱，一个马克也没有，因此我们根本无法打赌。我就赌这个，如果你们当中的一个人哪怕有一个马克的话，你们就赢了。"

因为卡斯波尔和乌鸦都很想赢，所以他两就把钱掏了出来。

卡斯波尔有三个马克，这是他给叔叔伊德瓦希特跑腿买东西时得到的奖励，为了打赌他都攒起来了。乌鸦克鲁普克有五个马克，因为守林员普里巴姆在森林里睡着了，这些钱恰好在他的钱包里，而克鲁普克又偶然从上面看到了，为安全起见它就把钱拿走了。只有这样，小偷才不会把守林员普里巴姆的钱偷走。

真发生那种事情的话，对守林员可不是什么好事。

现在他们要一起数数钱。卡斯波尔把钱给了乌鸦克鲁普克——把钱放在一起才能算清楚总共有多少。克鲁普克把钱放在偷猎者瓦尔特舒的手里，为的是让他看清楚：他们真的有钱！他们赌赢了！

然而这钱却像被施了魔法一样、眨眼就没了，仿佛被大地吞掉了。狡猾的瓦尔特舒简直就像一个魔法师！

"我们的钱去哪儿了？"卡斯波尔大喊，"刚才还在你手里呢！"

"可是我的手里从来也没有钱，你要打赌吗？"瓦尔特舒也喊道。

"赌就赌！"卡斯波尔说，"乌鸦克鲁普克也看到了，它也可以证明。"

　　"是的，我也清清楚楚地看到我们有钱！这证明我们赢了！"
乌鸦克鲁普克大声嚷着。

　　"我真是太倒霉了，真糟糕！怎么让你们赢了，现在你们该
高兴了吧！真是的，气死人了！"他一边说着一边伤心地离开了。

卡斯波尔和乌鸦只用了一个回合就打赢了赌。这在他们的生活里可不是常见的。

　　他们挎着奶奶的篮子，一起去森林里采蘑菇了。他们打算明天去市场上把采到的蘑菇卖掉。这样的话，他们就又有钱去打赌了。

# 卡斯波尔去游泳

有一天，卡斯波尔做了一件惊天动地的事情。

他是那样亢奋，就好像自己是奥林匹克运动会上的世界冠军一样。

　　换一种说法，他要把自己塑造成一个了不起的男子汉！他像
疯狂的青蛙一样在城里来来回回地跳着高喊：

　　"今天，我要去游泳，绝不骗人。谁想去看的话就报名吧，
但只能是女孩儿！"

　　卡斯波尔一直以来都在努力吸引女孩儿的注意。他时而把自
己打扮得像游乐场的小丑，时而又像一个流行歌手，要么就把头
发剪得奇形怪状，脑袋上顶着一个好像小鼹鼠的帽子。今天他又
有新花样了。

今天，他要去游泳！镇上的每个人都知道他从来没有游过泳。因为他就像蚊子一样怕水——如果一只蚊子掉到水里的话，水会把它的翅膀打湿，那样它马上就会淹死。

可是今天，他却在大街上来回奔跑并大声宣布："卡斯波尔今天要去游泳。游泳！游泳！游泳！虽然只到小腿，小腿，小腿！卡斯波尔要把头沉

到水里弄湿全身，卡斯波尔是一个英雄，世界上最伟大的英雄……"

他的姐姐格莱特听到了。她正在楼上靠着窗台坐着，看到了卡斯波尔在下面的街道上来回奔跑并大喊。

"我很想亲眼看看。"格莱特大笑着，很快下了楼来到马路上。

"那就把你的泳裤借给我用用吧，我没有那玩意。"

于是姐姐重新回到楼上，把自己的比基尼泳裤拿给了他。上衣他可用不着。

　　"你还认识别的女孩儿吗？有谁还想看我游泳，你可以让她们跟你一起去。"

格莱特还有两个好朋友，苏瑟和杜瑟，她把她俩都叫上了。

"你要去游泳？我们打赌，你肯定会耍赖。"苏瑟说。

"赌多少钱？"卡斯波尔问道。

"每人一个马克。"杜瑟说。

"如果你没有游泳，你就得给我们每人两个马克，同意吗？"

"我们说你不能，你肯定不能游泳。"

"成交，我同意。我们现在拉勾。我说，我肯定会游泳。"卡

斯波尔把两个马克拿在手里，说道，"现在我需要一个蓝色的钱袋子，因为没有蓝色的钱袋子我的钱就会丢失。你们或者你们认识的女孩儿，谁愿意借给我一个钱袋子？"

杜瑟没有，苏瑟没有，格莱特没有，如果去问亲爱的奶奶的话，她也不会有。

不过杜瑟的姐姐有一个，于是他们就一起去找杜瑟的姐姐。

"可以把你蓝色的钱袋子借给卡斯波尔用用吗？因为他有两个马克，这个钱不能让他丢了，因为他要给我们四个马克。他说他要去游泳，可是他根本不敢下水。那样他就必须给我们四个马克，因此他需要一个蓝色的钱袋子，我们已经打赌了。"

"什么，他要去游泳？这个胆小鬼从来没有下过水。我也和你们一起赌，我的赌注是三个马克五十芬尼，再加上我的钱袋子。"

　　一个女孩正好从街上路过，她也愿意参加打赌：

　　"卡斯波尔这个胆小鬼要去游泳？这样的话我愿意赌五马克，我赌他绝不会下水。"

　　她从马路对面走过来，交上了五个马克。

卡斯波尔把钱放进了钱袋子，当他把钱袋儿背在肩上时，感到已经沉甸甸的了。

　　那个女孩儿走了一会儿碰到一个朋友，朋友问她：

　　"你们要和卡斯波尔去哪里啊？又有什么热闹事儿吗？"

当她获悉卡斯波尔要去游泳时，马上喊起来："我也要下注，我赌八马克。"

她说："这个胆小鬼，他从来并且永远也不可能下水。"

随着女孩儿们不断地加入这个队伍，每个人都要打赌下注，

蓝色的钱袋儿背在身上
已经太重了，以至于卡
斯波尔不得不请求：

　　"现在我需要一个
黄色的敞篷轿车来拉钱
袋子。让我们买一个吧，
姑娘们！"

　　因为他们的钱袋子
里有足够的钱，于是她
们就为卡斯波尔买了一
辆黄色的敞篷轿车，这
样就可以拉着钱袋儿向
前走了。

那个地方实在太远了，女孩儿们被允许轮换着坐车，这个坐一会儿，那个坐一会儿。这下子吸引了更多的女孩儿跟着来看热闹，大家都打赌：卡斯波尔绝对不可能游泳。

　　卡斯波尔说话了："我现在还需要一个泳帽和游泳镜，毕竟游

泳是有一点儿危险的。"

女孩儿们都哄笑起来，现在她们更有把握了，这个赌她们赢定了。

反正钱袋儿里有足够的钱，于是她们为卡斯波尔买了一个昂贵的泳帽和一个带着六个安全气阀的深海潜望镜。

当她们都来到池塘后，卡斯波尔避开了女孩们，躲在一丛灌木后面换上了格莱特的泳裤，然后戴好了游泳帽和带有六个保险气阀的潜望镜。卡斯波尔漫不经心地在空中挥动着双手走下水。

水一点儿也不深，刚好到小腿，卡斯波尔甚至可以坐进去。

多了不起的男人啊，女孩儿们好好看看吧！从这一刻起，卡斯波尔变成了富豪，因为女孩儿们都输了。

版权所有，侵权必究。侵权举报电话：010-62782989　13701121933

图书在版编目（CIP）数据

　　卡斯波尔，你要去哪儿呀？／（德）雅诺什著；张捷鸿译．--北京：
清华大学出版社，2016　（听雅诺什讲趣味故事）
　　ISBN 978-7-302-43241-8

　　Ⅰ．①卡…　Ⅱ．①雅…　②张…　Ⅲ．①儿童文学－图画故事－德国－现代
Ⅳ．①I516.85

　　中国版本图书馆CIP数据核字（2016）第041756号

Title of the original edition: Author: Janosch  Title: Kasper sag, wo gehst du hin?
Copyright © LITTLE TIGER VERLAG GmbH (Germany), 2000

北京市版权局著作权合同登记号：01-2015-2669


责任编辑：苗建强
封面设计：王圆婷
版式设计：王圆婷　赵　晶
责任校对：谢京南
责任印制：王静怡

出版发行：清华大学出版社
　　　　　网　　　址：http://www.tup.com.cn，http://www.wqbook.com
　　　　　地　　　址：北京清华大学学研大厦A座　　邮　　编：100084
　　　　　社 总 机：010-62770175　　　　　　　邮　　购：010-62786544
　　　　　投稿与读者服务：010-62776969，c-service@tup.tsinghua.edu.cn
　　　　　质量反馈：010-62772015，zhiliang@tup.tsinghua.edu.cn
印 装 者：北京亿浓世纪彩色印刷有限公司
经　　　销：全国新华书店
开　　　本：165mm×225mm　　　印　张：4　　　字　数：50千字
版　　　次：2016年5月第1版　　　印　次：2016年5月第1次印刷
定　　　价：20.00元

产品编号：063821-01

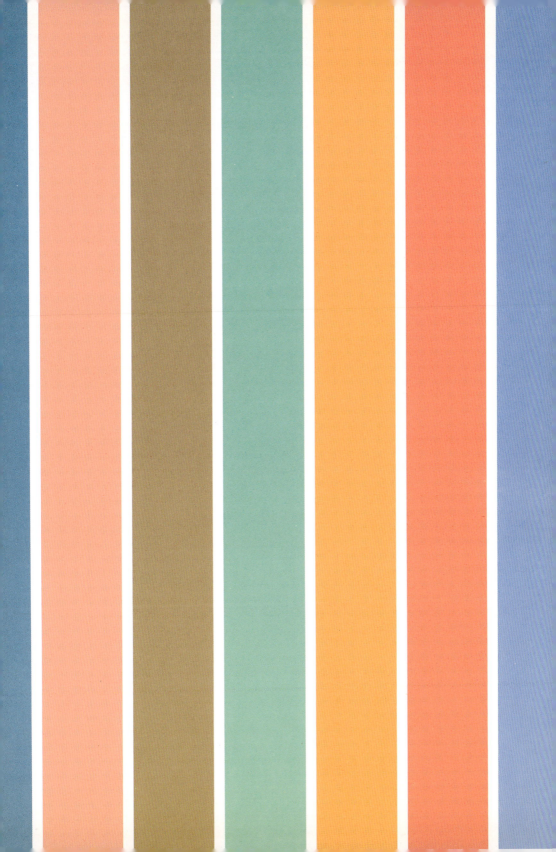

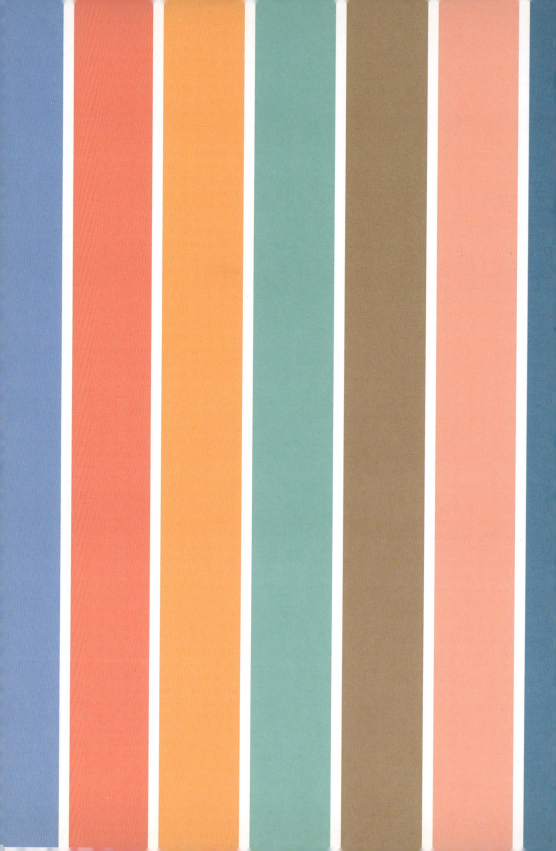